Kleine Diogenes Taschenbücher 70138

de
te
be

Mahatma Gandhi

Die Kraft des Geistes

Auswahl aus den Schriften

Aus dem Englischen
von Fritz Kraus und
Emil Roniger
Ausgewählt und mit einem Vorwort
von Gertrude und
Thomas Sartory

Diogenes

Diese Ausgabe erscheint
mit freundlicher Genehmigung des
Navajivan Trust, Ahmedabad, Indien
Nachweis der Übersetzungen
am Schluß des Bandes
Umschlagfoto:

Veröffentlicht als
Kleines Diogenes Taschenbuch, 2000

www.diogenes.ch
200/02/51/3
ISBN 3 257 70138 1

Inhalt

Vorwort

Am 30. Januar 1948 wurde Mahatma Gandhi, der Apostel der Gewaltlosigkeit, ermordet.

Der Mörder war kein Engländer. Er war Inder, ein fanatischer Hindu aus den Kreisen jener Eiferer, die Gandhi wie einen Abtrünnigen befehdeten, erbittert durch seinen Kampf gegen die »Unberührbarkeit« und seine Friedenspolitik gegenüber den indischen Moslems. Es ist bekannt, daß der Haß gegen den Mahatma so weit ging, daß nicht wenige Fanatiker sein Bild in ihren Sandalen trugen, um ihn wenigstens symbolisch mit jedem Schritt zu zertreten.

Gandhi war auf dem Weg zum Gebetsraum, als der Mörder hinzusprang. Er starb mit dem Namen *Rama,* dem Namen Gottes, auf den Lippen: bis zum letzten Atemhauch dem ergeben, dem er mit jeder Tat und jedem Wort hatte dienen wollen.

Der Mahatma war tot. Aber kann eine Seele sterben?

Mahatma heißt große Seele (*maha* = groß; *atma* = Seele). »All-Seele« könnte man auch übersetzen, bedeutet doch *mahatma* zunächst das Höchste Wesen selbst, das in allem, was *ist,* lebt, atmet. Erst davon abgeleitet wird als Mahatma auch ein außergewöhnlicher Mensch bezeichnet, der in Erkenntnis und Liebe völlig diesem *Einen* geeint und dadurch allem Lebenden und Seienden vereint ist.

Als Rabindranath Tagore, Indiens großer Dichter, bei einem festlichen Anlaß Gandhi in hymnischer Strophe als »Mahatma« besang, sprach er nur feierlich aus, was das Volk längst fühlte und sagte. Gandhi wurde schließlich so sehr als Inbegriff der großen Seele Indiens empfunden, daß »Mahatma« mit »Gandhi« zur Identität eines Namens verschmolz. Tatsächlich wußte die außerindische Öffentlichkeit kaum, daß Mahatma nicht der Vorname Gandhis war. Eigentlich hieß er Mohandas Karamchand Gandhi.

Was war das für ein Mensch – dieser Mohandas Karamchand Gandhi?

Der französische Dichter und Schriftsteller Romain Rolland, Nobelpreisträger des Jahres 1915, hat schon

1922 versucht, Wesen und Wollen des Mahatma in einem gut dokumentierten Buch zu erhellen. Obwohl ein rundes Vierteljahrhundert vor Gandhis Tod geschrieben, bewundert man heute noch die ungewöhnliche Treffsicherheit dieser Deutung. Zu Beginn seines Buches gibt Rolland eine kurze Persönlichkeitsskizze nach Aussagen von Zeitgenossen, die eine recht lebendige Vorstellung vermittelt: »Ruhige dunkle Augen. Ein schmächtiger Leib, ein hageres Gesicht und weit abstehende Ohren. Er trägt eine weiße Mütze, hüllt sich in grobes weißes Tuch und geht barfuß. Er nährt sich von Reis und Früchten. Er trinkt nur Wasser. Er schläft auf dem nackten Boden. Er schläft überhaupt wenig und arbeitet ohne Unterlaß. Sein Körper scheint nicht zu zählen. Nichts an dem Mann fällt bei einer ersten Begegnung auf als ›ein Ausdruck unendlicher Geduld und Liebe‹. Pearson, der im Jahre 1913 in Südafrika mit ihm zusammentrifft, muß an Franz von Assisi denken. Er ist einfach wie ein Kind, sanft und höflich, selbst mit seinen Gegnern, und von Aufrichtigkeit. Er denkt von sich äußerst bescheiden in einem Maß, daß er oft unschlüssig erscheint, als ob er sagen wollte: ›Ich kann mich irren.‹ Er verbirgt nie seine Fehler, schließt keine Kompromisse, kennt keine Diplomatie, flieht alle oratorischen Effekte, denkt vielmehr gar nicht daran, schreckt vor den Kundgebungen des Volkes zurück, die seine Anwesenheit entfesselt. Im Grund ist er mißtrauisch gegenüber der Menge und hat einen Widerwillen gegen die ›Mobokratie‹, gegen den losgelassenen Pöbel. Er fühlt sich nur in der Minderheit wohl und nur in der Einsamkeit glücklich, wo er der leisen inneren Stimme lauscht, ›the still small voice‹, der er folgen muß.

So sieht der Mann aus, der dreihundert Millionen Menschen erweckt und das britische Weltreich erschüttert hat.«[1]

Wie gesagt: hier wird der Gandhi der frühen zwanziger Jahre beschrieben. Aber die Schilderung bleibt gültig, veraltet und verjährt nicht in den folgenden Jahrzehnten. Als der Mahatma um 1920 die Führung des indischen Freiheitskampfes übernimmt, hat die große

Seele ihr Wesensgesetz längst gefunden. Gandhis Weg ist klar. Er hat ihn entdeckt im Kampf um die Menschenwürde der Inder in Südafrika. Ja, in Afrika sind die Weichen für sein Leben gestellt worden. Gandhis öffentliche Wirksamkeit hat zwei Phasen: der indischen geht eine südafrikanische voraus, die zwei volle Jahrzehnte umfaßt. In dieser Periode lernt er, daß politischer Kampf, Widerstand, möglich ist, ohne dem altindischen Ideal der Gewaltlosigkeit, der *Ahimsa* (von *himsa* = Gewalt und *a* als verneinender Partikel), untreu zu werden.

Dabei konnte der schüchterne junge Mann, der 1893 als Rechtsbeistand einer indischen Firma nach Südafrika ging, nicht ahnen, daß aus den paar

Monaten, die er dort bleiben sollte, fast 21 Jahre werden würden; noch weniger wäre ihm eingefallen, damit zu rechnen, daß er seinen Anwaltsberuf aufgeben würde, um sich mit all seinen Kräften in den politischen Kampf für die Rechte seiner Landsleute zu stürzen. Was ihn aus seiner beruflichen Bahn herauskatapultierte, war ein ihm eingeborenes äußerst empfindlich reagierendes Gefühl für menschliche Würde, für seine eigene Würde wie für die Würde anderer Menschen. Nie war er bereit, sich vor einer Beleidigung einfach schwächlich zu ducken; und es empörte ihn zu sehen, wie seine Landsleute in Südafrika selbst gröblichste Mißachtung aus Mangel an Ehrgefühl und Mut einsteckten.

Seit etwa 1860 lebten in Südafrika viele indische Kontraktarbeiter; ihre Arbeit war den Herren des Landes willkommen – ihre menschlichen und politischen Grundrechte aber wurden durch schikanöse Gesetze und Polizeimaßnahmen beschnitten. Für die auf Apartheid eingeschworenen Weißen war jeder Inder ›nur‹ ein Farbiger. Gandhi, der aus einer hochgeachteten Familie stammte (Vater und Großvater waren Minister in Kathiawar gewesen), hätte sich nicht träumen lassen, jemals in seinem Leben als ›Kuli‹ verachtet und mißhandelt zu werden. Ein solcher Rassenhochmut war ihm bisher nie begegnet: weder in seiner unter englischer Mandatsherrschaft stehenden Heimat noch auch in England selbst, wo er vier

Jahre lang studiert hatte. Er hätte sich der entwürdigenden Situation leicht entziehen können, und zunächst spürte er auch den Impuls in sich: so schnell wie möglich nach Indien zurück! Was aber sollte aus seinen Landsleuten in Südafrika werden, die – demoralisiert, ohne Organisation, führerlos – völlig hilflos in ihrer entehrenden Lage waren?

Gandhi bleibt – zunächst mehr durch das Motiv bestimmt, daß die indischen ›Gastarbeiter‹ juristischen Beistand brauchen. Aber im Laufe der Zeit wird ihm immer deutlicher, daß er seinen Landsleuten nur dann wirklich helfen kann, wenn er einer der Ihren wird. Der junge Anwalt, Hoffnung der ganzen Großfamilie, die nach dem kostspieligen Studium auf eine glänzende Karriere gehofft hatte, an deren Früchten man hätte partizipieren können, gibt seinen Beruf auf. »Um wie Franz von Assisi die Armut zu heiraten!«[2]

Gandhi verschreibt sich mit Haut und Haar dem Kampf um die Menschenrechte der südafrikanischen Inder.

Wie mußte aber ein Kampf wie der um die Rechte der Inder geführt werden? Eins stand für Gandhi von Anfang an fest: gewaltlos! *Ahimsa* (Nicht-Gewalt), das heißt, lebende Wesen nicht zu schädigen ist eins der ältesten indischen Gebote der religiösen Ethik. Das hat der Mahatma nicht erfunden. Seine geniale Tat war es, Gewaltlosigkeit auf das politische Leben anzuwenden.

Gandhi sucht nach einer Bezeichnung des indischen Widerstandes, die sowohl das aktive und positive Element der Aktionen wie auch ihren religiösen Charakter zum Ausdruck bringen würde. Aus mannigfachen Überlegungen und Versuchen schält sich schließlich der Name *Satyagraha* heraus. Offenbar eine glückliche Wortprägung: Sie hält sich, auch in der späteren indischen Zeit, wird geradezu zu einem Synonym der gesamten gandhistischen Bewegung.

Satya heißt Wahrheit. *Satyagraha* bedeutet unbeirrbares Sich-an-die-Wahrheit-Halten. Das ist ein Schlüsselwort und wie alle Schlüsselwörter in der vollen Breite seiner Bedeutungen nicht mit ein paar Worten definierbar.

Schon *Satya* ist praktisch unübersetzbar; man müßte ein Inder sein, um völlig nachfühlen zu können, was in diesem Wort alles mitschwingt. Gewiß hat ›Wahrheit‹ auch etwas mit makelloser Wahrhaftigkeit zu tun (die darum für den Mahatma lebenslänglich die Wurzel aller Tugenden ist); aber sie erschöpft sich nicht darin. *Satya* bedeutet mehr als bloß die Qualität einer Aussage (daß diese also weder auf Lüge noch auf Irrtum beruht, Urteil und Sachverhalt übereinstimmen). Wahrheit ist ein Attribut der Wirklichkeit, bringt zum Ausdruck, daß die Wirklichkeit im richtigen Lot ist.

Um in etwa nachzuempfinden, was dem Inder *Satya* bedeutet, müßte man als Europäer im inneren Ohr lebendig haben, wie tief und umfassend der Begriff ›Wahrheit‹ im Neuen Testament ist (wenn etwa Christus sagt: Ich *bin* die Wahrheit – wenn er von denen spricht, die *in* der Wahrheit *sind*, oder von der Notwendigkeit, als Jünger Jesu die Wahrheit zu *tun*). Gandhis Wesen gerät in Schwingung, wenn er das heilige Wort *Satya* nur hört. Für ihn ist Wahrheit das Herz aller Dinge – identisch mit Gott.

Darum ist Wahrheit mächtiger als jede Macht der Welt. Kein anderes Machtmittel vermag, was Wahrheit vermag. Bleib mit der Wahrheit im Bund, und du bist mit Gott im Bunde. Das heißt: Handeln aus dem Geist!

So zart Gandhi seiner körperlichen Konstitution nach auch wirken mochte

– die große Seele glühte von Kraft und Einsatzwillen. Wer diesen *Ahimsa*-Führer erlebte, konnte gar nicht mehr auf den Gedanken verfallen, Gewaltlosigkeit habe etwas mit Passivität zu tun. Das war auch einer der Gründe, warum Gandhi die Bezeichnung »passiver Widerstand« ablehnte. Vor allem aber war es ihm um den grundsätzlichen Unterschied zu tun. Passive Resistenz ist die Waffe der Schwachen, die – zur Zeit! – über die Mittel der ›Starken‹ (Waffen!) nicht verfügen. Der passive Widerständler lehnt Gewalt nicht prinzipiell ab, sondern nur taktisch. Er hat der Waffe nicht grundsätzlich abgeschworen, er ist nur derzeit in einer Situation, in der er bei gewaltsamer Auseinandersetzung den kürzeren ziehen würde. Der *Satyagrahi* verzichtet auf Gewalt, weil durch Gewalt niemals etwas Gutes entstehen kann. Er verzichtet aufs Schwert, weil er eine bessere Waffe hat: die Waffe der Wahrheit.

Gandhi wurde nicht müde, diesen Unterschied zwischen *Ahimsa* und passivem Widerstand zu betonen. Nicht nur seine Gegner, sondern auch seine Freunde und seine Anhänger unterschoben ihm immer wieder eine bloß taktische Gewaltlosigkeit – als werde die Zeit schon kommen, da man endlich die Waffe zur Hand nehmen werde.

Ahimsa ist Gegengewalt nicht in dem Sinn, daß Gewalt gegen Gewalt gesetzt wird, sondern dadurch, daß die Gewalt der Gewaltsamen durch den Widerstand der Gewaltlosen um ihre Wirkung gebracht wird. Denn was kann Gewalt erreichen gegen Menschen, die sich durch nichts erschüttern lassen, weil sie nichts mehr fürchten – nicht den Verlust von Hab und Gut, nicht den Verlust der Gesundheit, nicht den Verlust der Freiheit, nicht den Verlust des Lebens?

Ein Widerstand, der sich auf nichts anderes stützt als auf die Macht der Wahrheit, setzt die Bereitschaft zum Leiden voraus. *Satyagraha* fordert den Mut zum Leiden. Daß man sich dem Willen des Ungerechten eben *nicht* unterwirft, den Preis der Unterwerfung nicht zahlt, um ungeschoren davonzukommen! An diesem Mut muß sich Gewalt auf die Dauer totlaufen.

So ist *Satyagraha* ein Kampf, der auf verschiedenen Ebenen geführt werden muß. Vor dem Widerstand nach außen kommt der Widerstand nach innen: gegen die eigene Unlauterkeit und Feigheit, gegen die Lüge in der Tiefe des Herzens. Selbstläuterung zuerst! Alles muß verschwinden, was Wahrheit verdunkelt. Für Lüge, Täuschung oder bloße Taktik ist kein Platz; der *Satyagrahi* muß ohne solche Mittel üblicher Politik auskommen. Am gefährlichsten wäre die Selbsttäuschung, wenn man sich über die eigenen Motive und Antriebe etwas vormacht, sich einbildet, es ginge einem um die gemeinsame Sache, während man in Wirklichkeit die eigene Macht und Geltung sucht. Der Mahatma kennt die ›höllische‹ Angst aller Heiligen vor den Fallstricken des Ego. Und wie nur je ein Asket versucht er, das unbotmäßige Fleisch in den Dienst der Wahrheit zu zwingen. Er weiß, daß man das Ego nicht hätscheln darf, will man es gefügig halten. Sein weltberühmtes Fasten war alles andere als bloßer Hungerstreik.

Der Mahatma hielt das Fasten, diese »wunderbare Sache«, für ein wesentliches Element der Geschichte seiner »Experimente mit der Wahrheit«, wie er seine Autobiographie aus den zwanziger Jahren genannt hat. Die sexuelle Askese hat er nicht minder begeistert gepriesen und begeistert gelebt: Er betrachtete sie als geradezu ausschlaggebend für seine spirituelle Entwicklung. Dieses Kapitel seines Lebens mag dem heutigen Europäer am unzugänglichsten erscheinen. Ein Tiefenpsychologe wird vielleicht von Sexualneurose sprechen – nicht ohne jeden Grund.

Da ist einmal die Kinderehe: Erst dreizehn Jahre alt ist der Junge, als er mit einem gleichaltrigen Mädchen verheiratet wird – viel zu unreif, um seine starke Triebhaftigkeit und die daraus erwachsende kindliche Eifersucht steuern zu können. Zwar wird die Ehe ausgesprochen glücklich; Kasturbai bleibt die treueste Gefährtin auf Gandhis langem, lebenslangem Kampf- und Leidensweg. Dennoch ist der Mahatma später der entschiedenste Gegner solcher Kinderheiraten. Einen regelrechten Schock hatte es für den empfindsamen Jungen bedeutet (er war noch keine sechzehn), daß der verehrte und geliebte Vater ausgerechnet in den Minuten starb, als der Sohn sich gerade aus dem Krankenzimmer davongestohlen hatte, um schnell zu seiner Frau zu gehen.

Gandhi konnte sich diese ›Schande‹ niemals verzeihen – und geißelt sie noch Jahrzehnte später mit Ausdrükken, die die in Indien weitverbreitete negative Einstellung zu den Sinnesfreuden verraten. Doch reicht das alles nicht hin, um seine Faszination durch das Ideal einer totalen sexuellen Enthaltsamkeit zu verstehen. Zunächst gab es einen mehr äußeren Anlaß, der ihm den Gedanken an geschlechtliche Abstinenz nahelegte. Gandhi hielt es für ratsam, in der südafrikanischen

Kampfsituation, in der er lebte, auf weitere Kinder zu verzichten, und da schien ihm Enthaltsamkeit das gegebene natürliche Mittel für eine solche Geburtenbeschränkung zu sein. Die dazu erforderliche Selbstbeherrschung schreckte ihn nicht ab. Im Gegenteil: Sie zog ihn beinahe magisch an. Als er im Ringen um solche Selbstkontrolle gelegentlich Niederlagen erleben mußte, errichtete er in einer Art Gewaltstreich jene Barrikade, die ihm jede Ausflucht vor dem selbstauferlegten Gebot verstellen sollte: Er legte – im Einverständnis mit seiner Frau – das religiöse Gelübde völliger (vor allem geschlechtlicher) Selbstbeherrschung ab, der Zügelung der Sinne, totaler sexueller Abstinenz: *Brahma-*

charya, wie dieses Gelübde in der spirituellen Tradition der Hindus heißt.

Gewiß geht es auch um Sublimierung, um »Aufspeicherung von Glut«, wie altindische Weisheit es nennt: In den spirituellen Schulen Indiens hat sexuelle Abstinenz immer eine entscheidende Rolle gespielt – nicht, weil man das Geschlechtliche für ›sündig‹ gehalten hätte, sondern weil man überzeugt war, »daß Energien, die in eine bestimmte Richtung gelenkt werden müssen, nicht gleichzeitig einem anderen Ziele zufließen können«.[3]

Aber Gandhi sah in Brahmacharya ein Gelübde im strengen Sinn des Wortes – einen Akt der Religion, der Hingabe an Gott, der darauf zielt, alles Gott-Widerständige im eigenen Inneren auszumerzen, damit Gott allein dort herrsche. Völlige Selbstkontrolle ist kein Selbstwert, sondern Mittel zum Zweck. Es geht darum, die völlige Kontrolle der Sinne im Denken, Reden und Tun zu erlangen, damit in der Hitze der Auseinandersetzungen nicht plötzlich Gewaltlosigkeit in Gewalt umschlage.

Wenn *Satyagraha* gewaltloser Widerstand im Vertrauen auf die Macht der Wahrheit ist, dann ist *Brahmacharya* ein vorzügliches Mittel der Vorbereitung auf den *Satyagraha*-Kampf. So hat Gandhi es empfunden.

Allerdings nicht das alleinige Mittel! Es ist nicht paradox, sondern logisch, wenn dieser unerbittliche Kämpfer ein ebenso unermüdlicher Beter ist. Nur wer die eigene Kraft bis zum letzten angespannt und erprobt hat, kennt ihre Grenze, weiß, daß der Sieg letztlich nicht erjagt werden kann, sondern geschenkt werden muß. Der unaufhörlichen Wachsamkeit im Ringen um Selbstbeherrschung entspricht die unaufhörliche Anrufung Gottes. *Ramanama* nennt man diese spirituelle Praxis der Rezitation des Gottesnamens *Rama;* im christlichen Bereich entspricht ihr in etwa das ostkirchliche Herzensgebet, die unermüdliche Wiederholung des Namens Jesu.

Dem ängstlichen Kind, das sich vor Geistern und Gespenstern fürchtet, hatte die fromme Amme das Aufsagen des *Ramanama* beigebracht. Später wird es für Gandhi zu einem »unfehlbaren Heilmittel« (wie er sagt), das ihn durch alle Schwierigkeiten, Ängste und Nöte hindurchsteuert.

So steht sein Ringen um Selbstläuterung (Voraussetzung für *Ahimsa,* den gewaltlosen Widerstand) auf *zwei* Grundpfeilern: auf Brahmacharya und Ramanama. Wäre doch nichts damit gewonnen, die Leidenschaften lediglich abzutöten; sie werden ja dringend gebraucht; aber verwandelt müssen sie werden, verklärt, spiritualisiert. Das *Ramanama,* das wie eine Untergrundmelodie den täglichen Kampf begleitet, gibt ihm die religiöse Glut.

Es ist nicht möglich, den zwanzigjährigen Kampf um die Rechte der Inder in Südafrika auch nur in seinen Hauptetappen zu skizzieren. Zwischen

1907 und 1914 trieb die Entwicklung ihrem Höhepunkt zu. Die Widerständler wurden zu Tausenden verhaftet, Gandhi selbst dreimal eingekerkert. Große Streiks, Massenversammlungen und schließlich ein Marsch der Inder durch Transvaal mobilisierten die öffentliche Meinung in Afrika und Asien.

»Die unbezähmbare Hartnäckigkeit und die magische Kraft der ›Großen Seele‹ begann zu wirken: Die Gewalt beugte die Knie vor der heroischen Sanftmut.«[4]

Noch 1909 hatte General Smuts, entschiedener Gegner der indischen Sache, erklärt, niemals werde jener Paragraph, den die Inder als beleidigend empfanden, aus dem Gesetzbuch gestrichen werden. 1914 hielt er es bereits für ein Glück, ihn verschwinden lassen zu können. Die Sonderbesteuerung der Inder wurde aufgehoben, den Arbeitern, die bleiben wollten, Freizügigkeit gewährt. Es war (zumindest vorläufig) ein aufsehenerregender Sieg und eine ungeheure Ermutigung für alle, welche der Macht der Wahrheit vertraut hatten.

Als Gandhi nach Indien zurückkehrte, stand er bereits im Ruf, ein großer Führer zu sein.

Allerdings darf man hier nicht dem Irrtum verfallen, Indien mit seiner tiefen Religiosität sei gleichsam von Haus aus dazu ›disponiert‹ gewesen, sich unter der Parole *Satyagraha,* Macht der Wahrheit, Gandhis Bewegung des gewaltlosen Widerstandes anzuschließen. Eine *Ahimsa*-Politik versteht sich auch in Indien nicht von selbst, obwohl Gewaltlosigkeit in der Metaphysik und Ethik der Inder tief verwurzelt ist. Man muß hier also unterscheiden.

Auf der einen Seite strahlt von *Satya,* Wahrheit, eine tiefe Faszination auf die indische Seele aus. Ist es doch kein Zufall, daß dem Inder Gandhi Gott gerade als Wahrheit erscheint. F. Max Müller, Altmeister der Indologie, hat schon vor hundert Jahren in seinen Oxforder Vorlesungen mit aller Ausführlichkeit über den eingeborenen Wahrheitssinn der Hindus gesprochen und betont, daß die ganze Literatur der Hindus von Ausdrücken der Liebe zur Wahrheit und der Ehrfurcht vor der

Wahrheit durchdrungen sei; auch sei es aufschlußreich, daß das höchste Lob, das in den heiligen Schriften der Hindus, den Veden, den Göttern gespendet werde, darin bestehe, daß sie *satya* (wahr, treu, zuverlässig) seien – denn es sei ja wohl bekannt, daß die Menschen gemeinhin Gott und ihren Göttern gerade jene Eigenschaften zuschreiben, welche sie an sich selbst am höchsten schätzen.[5]

Zuwenig bekannt dagegen ist in der westlichen Welt, daß auch in Indien, wie fast überall anderswo, Politik und Religion durchaus zwei Paar Schuhe sind. In den politischen Lehren und Handlungsanweisungen der alten Brahmanen ist von dieser geradezu religiösen Verehrung der Wahrheit nichts zu spüren; da geht es hart und pragmatisch zu, völlig amoralisch.

Gandhis abenteuerlicher Versuch, die Religion in die Politik einzubringen, versteht sich also auch für einen Hindu keineswegs von selbst. Und es sah zunächst auch nicht so aus, als werde er zu einem solchen »Experiment mit der Wahrheit« in seiner Heimat die Gelegenheit erhalten. Niemand dachte zunächst daran, auch Gandhi nicht, er werde in Indien eine irgendwie bedeutende politische Rolle spielen. Man erwartete wohl, daß er die *Seele* der Freiheitsbewegung werden würde; keineswegs aber rechnete man damit, er würde ihr *Kopf* sein. Schließlich ist es etwas fundamental anderes, den Widerstand von hunderttausend Indern in

Südafrika zu organisieren – oder eine Bewegung von dreihundert Millionen zu führen. Diese Rolle war übrigens besetzt. Tilak war, bis zu seinem unerwartet frühen Tod im Jahr 1920, der unbestrittene Führer Indiens: ein Mathematiker, ein Gelehrter, ja ein Weiser, nicht weniger als Gandhi von allem persönlichen Ehrgeiz frei, ein Mann von stählerner Energie und von ebenso lauterem Charakter wie überragender Intelligenz. Und dieser Tilak war ein Politiker im Sinne der altindischen Tradition.

»Er pflegte zu sagen, daß ›die Politik nicht für die *Sadhus* gemacht sei‹ (für die frommen Männer, die Heiligen). Dieser Gelehrte hätte, wie er behauptete, sogar die Wahrheit der Freiheit seines Landes geopfert. Ja, der unbescholtene Mann, dessen Leben von unbefleckter Reinheit war, zögerte nicht zu sagen, daß in der Politik alles erlaubt sei.«[6]

Tilak und Gandhi hatten persönlich die größte Hochachtung voreinander. Aber was die politische Methode betrifft, dachten sie geradezu gegensätzlich. War Gandhi nicht der von Tilak angesprochene Typ des *Sadhu*, der sich besser aus diesem schmutzigen Geschäft heraushält? Aber das ist ihm gar nicht möglich – sagt der Mahatma. Die Politik umfange alles, »wie die Windungen einer Schlange«, aus denen wir uns trotz aller Anstrengung nicht befreien könnten. Es bleibe ihm gar nichts anderes übrig, als gegen diese Schlange anzukämpfen.

Am schwersten hat Gandhi lebenslänglich unter dem tiefgreifenden Konflikt zwischen Hinduismus und Wahrheit in der Frage der Unberührbarkeit gelitten. Er liebt seine Religion »wie ein Mann die eigene Frau«. Aber er würde ihr sofort den Rücken kehren, wenn ihm bewiesen würde, daß die Ächtung der Unberührbaren ein wesentliches Element des Hinduismus sei.

Der Mahatma findet für die von seiner Gesellschaft so unmenschlich Ausgegliederten den Namen ›Kinder Gottes‹, *Harijans,* und benennt nach ihnen die Zeitschrift, die er herausgibt. Er adoptiert eine kleine Unberührbare und nimmt Unberührbare als Mitglieder seines Ashrams auf – mit der höchst einfachen Konsequenz, daß dann eben alle anderen (Familienangehörige, Freunde, Anhänger, Verehrer) mit dem Mahatma nur dann Kontakt haben können, wenn sie vor dem Kontakt mit den Unberührbaren nicht zurückscheuen.

Die Ächtung der Parias ist in Gandhis Augen das Krebsübel der indischen Gesellschaft. Er hält sie für eine so himmelschreiende Sünde, daß ihm die Diskriminierung der Inder durch die Völker der weißen Rasse wie eine Strafe von göttlicher Folgerichtigkeit erscheint. Lebenslänglich kämpft er für die Menschenwürde und die Menschenrechte der ›Kinder Gottes‹ – wie er lebenslänglich gekämpft hat für die Aussöhnung der Hindus und Moslems.

Ist da sein Tod nicht auch von ›göttlicher Folgerichtigkeit‹? Das Opfer, das dem Unrecht die Waagschale hält?

Es ist, als sollte jetzt am Ende noch einmal ein Finger hinweisen auf die ganz andere Ebene, auf der dieses Leben sich abgespielt hat. Zwar kann man wahrhaftig nicht sagen, auf dem politischen Plateau sei es folgenlos geblieben. Schließlich war Gandhis Engagement für den indischen Freiheitskampf von unabschätzbarer Bedeutung; und auch die spätere Verfassung des unabhängig gewordenen Landes ist noch in manchen Punkten durchatmet vom Wollen der großen Seele Indiens: vor allem in der grundsätzlichen Abschaffung der Unberührbarkeit.

Aber in diesen politischen Erfolgen

erschöpft sich die Wirkung Gandhis nicht. Er hatte Tieferes gewollt: der Wahrheit (Gott) mitten im Leben, mitten in der Welt Heimstatt bereiten. Doch da spielt sich eben alles auf einem Niveau ab, wo man nicht messen, zählen, wiegen, einwandfrei und eindeutig konstatieren kann.

Es ist jene Ebene, auf der ein Opfer tiefer und dauerhafter wirken kann als so manche politisch einschneidende Tat. Eine Ebene, die freilich der auf ausschließlich intellektuelle Art Kluge gar nicht in den Blick bekommt, sondern nur der Weise, dem ein Licht von andersher alle Dinge durchscheint und transparent werden läßt.

Gertrude und Thomas Sartory

1 Romain Rolland, Mahatma Gandhi. Rotapfel-Verlag, Erlenbach-Zürich, München und Leipzig 1923, S. 9f.

2 Rolland, S. 16.

3 Heinrich Zimmer, Philosophie und Religion Indiens. Rhein-Verlag, Zürich 1961, S. 388.

4 Rolland, S. 19.

5 F. Max Müller, Indien in seiner weltgeschichtlichen Bedeutung. Wilhelm Engelmann Verlag, Leipzig 1884, S. 49.

6 Rolland, S. 24.

Die Kraft des Geistes

Ein Verwandter und ich fingen als Knaben an zu rauchen. Nicht daß wir darin irgend etwas Gutes sahen oder am Geruch einer Zigarette besondere Freude gehabt hätten. Wir bildeten uns nur eine Art von Vergnügen ein, wenn wir Rauchwolken aus dem Mund bliesen. Mein Onkel hatte diese Gewohnheit, und wenn wir ihn rauchen sahen, dachten wir, daß wir seinem Vorbild folgen müßten. Doch wir hatten kein Geld. So sammelten wir die von meinem Onkel fortgeworfenen Zigarettenstummel.

Aber diese Stummel waren nicht immer zu haben und gaben auch nicht viel Rauch her. So begannen wir, vom Taschengeld der Dienerschaft Münzen zu stehlen, um uns dafür indische Zigaretten zu kaufen...

Weit schwerwiegender aber als dieser Diebstahl war jener, dessen ich mich etwas später schuldig machte. Die Kupfermünzen mauste ich, als ich zwölf oder dreizehn war. Der andere Diebstahl geschah, als ich fünfzehn war. In diesem Fall stahl ich ein Stück Gold aus dem Armband meines Bruders...

Aber das war mehr, als ich tragen konnte. Ich beschloß, nie wieder zu stehlen. Ich bereitete mich auch darauf vor, die Tat meinem Vater zu gestehen. Doch ich wagte nicht zu sprechen. Nicht daß ich gefürchtet hätte, mein Vater werde mich schlagen. Ich kann mich nicht erinnern, daß er je einen von uns geschlagen hätte. Was ich fürchtete, war, ihm Kummer machen zu müssen. Doch ich fühlte, es müsse riskiert werden; es konnte keine Klärung geben ohne klares Geständnis.

Schließlich beschloß ich, das Geständnis niederzuschreiben, es meinem Vater zu geben und ihn um Verzeihung zu bitten. Ich schrieb es auf einen Bogen Papier und überreichte es ihm. In dieser Niederschrift bekannte ich nicht nur meine Schuld, sondern erbat für mich angemessene Bestrafung und schloß mit der Aufforderung an ihn, nicht sich selbst für meinen Fehltritt zu strafen. Ich gelobte auch, hinfort nie mehr zu stehlen.

Ich zitterte, als ich dieses Geständnis meinem Vater aushändigte. Er litt damals an einer Fistel und war ans Bett gefesselt. Sein Bett war ein glattes Holzbrett. Ich händigte ihm die Niederschrift aus und setzte mich dem Brett gegenüber.

Er las sie durch. Tränen liefen über seine Wangen und benetzten das Papier. Einen Augenblick schloß er die Augen im Nachdenken, dann zerriß er die Notiz. Er hatte sich, um sie zu lesen, aufgerichtet. Nun legte er sich wieder hin. Auch ich weinte. Ich konnte meines Vaters Qual sehen. Wäre ich ein Maler, so könnte ich noch heute die ganze Szene malen. So lebhaft ist sie mir noch in Erinnerung.

Diese Tränen der Liebe reinigten mein Herz und tilgten meine Sünde. Nur wer solche Liebe erfahren hat, weiß, was sie ist. Wie es im Hymnus heißt: »Nur wer von den Pfeilen der Liebe getroffen ist, kennt ihre Macht.«

Dies war für mich eine praktische Lektion in *Ahimsa* [Nicht-Gewalt]. Damals konnte ich darin nichts anderes sehen als die Liebe eines Vaters, doch heute weiß ich, daß es reine Ahimsa war. Wenn solche Ahimsa allumfassend wird, verwandelt sie alles, was sie berührt. Es gibt keine Grenzen für ihre Macht.

Diese Art sublimer Vergebung war meinem Vater nicht natürlich. Ich hatte gedacht, er werde sich ärgern, schimpfen und sich vor die Stirn schlagen. Doch er war so wunderbar ruhig, und ich glaube, das war die Folge meines offenen Geständnisses. Ein offenes Geständnis in Verbindung mit dem Versprechen, die Sünde nicht zu wiederholen, ist, wenn es vor dem abgelegt wird, der das Recht hat, es zu erhalten, die reinste Form der Reue. Ich weiß, daß mein Geständnis meinem Vater das Gefühl völliger Sicherheit über mich gab und seine Zuneigung zu mir über alles Maß hinaus steigerte.

I, 33-34-35

Eines schlug tiefe Wurzeln in mir: die Überzeugung, daß Moral die Grundlage der Dinge und daß Wahrheit die Substanz aller Moralität ist. Wahrheit wurde mein einziges Ziel. Sie nahm täglich an Bedeutung zu, und meine Vorstellung von ihr wurde immer weiter.

Eine didaktische Stanze auf Gujarati [Gandhis Muttersprache] ergriff meinen Geist und mein Herz gleichermaßen. Ihre Weisung – zahle Gutes für Übles – wurde mein Leitprinzip. Es wurde für mich eine solche Leidenschaft, daß ich zahlreiche Experimente damit begann. Hier sind jene (für mich) wundervollen Zeilen:

Für eine Schale Wasser gib ein tüchtiges Mahl.
Für einen freundlichen Gruß neig dich rasch zur Erde.
Für einen bloßen Pfennig zahle zurück in Gold.
Wer dein Leben rettet, dem enthalte das Leben nicht vor.
Achte auf die Worte und Taten des Weisen:
Sie vergelten jeden kleinen Dienst zehnfach.
Doch der wahrhaft Edle erkennt alle Menschen als eines und gibt mit Freude Gutes für das Üble, das man ihm antat. *I, 41*

Der Mangobaum

Der Geist der Nicht-Gewalt führt notwendig zur Demut. Nicht-Gewalt heißt Gott vertrauen, dem ewig Unerschütterlichen. Wenn wir aber seine Hilfe suchen wollen, müssen wir ihm demütigen und reuigen Herzens nahen. Wir müssen es dem Mangobaum gleichtun, der sich niederbeugt, wenn er Früchte trägt. Seine Größe liegt in seiner majestätischen Demut. Mögen wir uns auch des bisher erzielten Fortschrittes freuen, so haben wir doch noch keinen Grund, stolz zu sein. Wir müßten noch viel mehr opfern, als wir schon geopfert haben, um zum Stolz berechtigt zu sein, geschweige denn zur Überheblichkeit. *II, 218*

Ich muß sagen, daß meine konstitutionelle Schüchternheit mir keinerlei Nachteile gebracht hat, wenn man davon absieht, daß sie mich gelegentlich dem Gelächter preisgegeben hat. Ja, im Gegenteil, ich kann erkennen, daß sie mir durchaus vorteilhaft war. Meine Hemmung beim Reden, die einst ein Ärgernis war, ist jetzt ein Vergnügen. Ihr großer Segen ist, daß sie mein sparsames Umgehen mit Worten geprägt hat. Ich habe auf natürliche Weise die Gewohnheit entwickelt, meine Gedanken im Zaum zu halten. Und ich kann mir heute das Zeugnis ausstellen, daß ein gedankenloses Wort kaum je meinem Munde oder meiner Feder entschlüpft. Ich erinnere mich nicht, daß ich je etwas in meinen Reden oder Schreiben zu bereuen hatte. So ist mir viel Unheil oder Zeitvergeudung erspart geblieben.

Meine Schüchternheit ist in Wirklichkeit mein Schirm und Schild gewesen. Sie hat mir erlaubt zu wachsen. Sie hat mir bei meiner Einsicht in die Wahrheit geholfen. *I, 65*

Meine stets gleichbleibende Erfahrung hat mich überzeugt, daß es keinen anderen Gott als die Wahrheit gibt. Und wenn nicht jede Seite dieser Kapitel dem Leser verkündet, *Ahimsa* [Nicht-Gewalt] sei das einzige Mittel zur Verwirklichung der Wahrheit, so halte ich all meine Mühe beim Schreiben dieser Kapitel für vergeudet. Und selbst wenn meine Anstrengungen in dieser Richtung sich als fruchtlos erweisen sollten, müssen die Leser wissen, daß das Mittel, nicht das Grundprinzip, falsch ist. Denn wie aufrichtig auch mein Streben nach *Ahimsa* gewesen sein mag, es ist doch noch unvollkommen und inadäquat gewesen. Daher können die wenigen flüchtigen Schimmer, die ich von der Wahrheit erhaschen konnte, schwerlich eine Vorstellung von dem unbeschreiblichen Glanz der Wahrheit geben, die eine Million Mal stärker ist als jener Glanz der Sonne, die wir täglich mit unseren Augen sehen. Tatsächlich ist, was ich auffangen konnte, nur ein ganz blasser Abglanz dieses mächtigen Leuchtens. Doch so viel wenigstens kann ich mit Sicherheit als Ergebnis all meiner Experimente sagen, daß eine vollkommene Schau der Wahrheit nur die Folge völliger Verwirklichung von *Ahimsa* sein kann.

Um den allgemeinen und alles durchdringenden Geist der Wahrheit von Angesicht zu Angesicht zu schauen, muß man fähig sein, das geringste

Geschöpf zu lieben wie sich selbst. Und jemand, der danach strebt, kann es sich nicht leisten, sich aus allen Bereichen weltlichen Lebens herauszuhalten. Deshalb hat meine Hingabe an die Wahrheit mich ins Feld der Politik getrieben. Ich kann ohne das mindeste Zögern sagen, daß, wer behauptet, Religion habe nichts mit Politik zu tun, nicht weiß, was Religion bedeutet.

Identifizierung mit allem, was lebt, ist unmöglich ohne Selbstläuterung; ohne Selbstläuterung muß die Einhaltung des *Ahimsa*-Gebotes ein leerer Traum bleiben. Gott kann nie von jemandem realisiert werden, der nicht reinen Herzens ist. Selbstläuterung muß daher Läuterung bei allen Lebensschritten bedeuten. Und da Läuterung höchst ansteckend ist, führt die Läuterung von cinem selbst zur Läuterung seiner Umgebung.

Doch der Weg der Selbstläuterung ist hart und steil. Um vollkommene Reinheit zu erlangen, muß man völlig leidenschaftslos werden im Denken, Reden und Tun, muß man sich erheben über die gegenläufigen Strömungen von Liebe und Haß, Zuneigung und Abstoßung. Ich weiß, daß ich in mir noch nicht diese dreifache Reinheit besitze, obwohl ich mich ständig um sie bemühe. Deshalb macht das Lob der Welt keinen Eindruck auf mich, verletzt mich vielmehr sehr oft. Herr über die feinen Leidenschaften zu werden scheint mir weit schwerer als die physische Eroberung der Welt durch Waffengewalt. Selbst nach meiner Rückkehr nach Indien habe ich Erfahrungen mit den schlummernden Leidenschaften machen müssen, die verborgen in mir liegen. Das Wissen um sie hat mir ein Gefühl von Demütigung gegeben, nicht aber von Niedergeschlagenheit. Die Erfahrung und Experimente haben mich aufrechterhalten und mich mit großer Freude erfüllt. Doch ich weiß, daß ich noch einen schwierigen Weg vor mir habe. Ich muß mein Ich auf Null herabsetzen. Solange ein Mensch sich nicht freiwillig als letztes seiner Mitgeschöpfe ansieht, gibt es kein Heil für ihn. *Ahimsa* ist die weiteste Grenze der Demut. *I, 421-2*

Satyagraha ist die Kraft des Geistes; und allemal, wenn und in welchem Ausmaß Raum ist zum Gebrauch von Waffen oder physischer oder roher Gewalt, dann und im gleichen Ausmaß ist desto weniger Platz für die Kraft des Geistes. Dies sind nach meiner Auffassung rein antagonistische Kräfte, und ich besaß völlige Einsicht in diesen Antagonismus schon zur Zeit des Beginns von *Satyagraha* ...

Zwischen passivem Widerstand und *Satyagraha* ist der Unterschied groß und grundsätzlich... Wenn wir weiterhin glauben und andere glauben lassen, wir seien schwach und hilflos und leisteten deshalb passiven Widerstand, dann würde unser Widerstand uns niemals stark machen, und bei der geringsten Gelegenheit würden wir unseren passiven Widerstand als eine Waffe des Schwachen aufgeben. Wenn wir dagegen *Satyagrahis* sind und *Satyagraha* leisten in dem Glauben, stark zu sein, so werden sich daraus zwei klare Folgen ergeben. Indem wir den Gedanken der Stärke nähren, werden wir von Tag zu Tag stärker. Mit dem Wachsen unserer Stärke wird auch unsere *Satyagraha* wirksamer, und wir werden nie nach einer Gelegenheit Ausschau halten, sie aufzugeben. Und während wiederum im passiven Widerstand kein Raum für Liebe ist, hat anderseits in der *Satyagraha* Haß nicht nur keinen Platz, sondern ist ein ausdrücklicher

Verstoß gegen ihr leitendes Prinzip. Während beim passiven Widerstand Raum ist für den Waffengebrauch, wenn sich eine passende Gelegenheit bietet, ist in der *Satyagraha* physische Gewalt selbst unter den günstigsten Umständen verboten.

Satyagraha kann jemand gegen die ihm Nächsten und Teuersten leisten; passiver Widerstand kann gegen sie niemals geleistet werden, außer natürlich in dem Falle, wenn sie aufgehört haben, uns teuer zu sein, und zum Gegenstand des Hasses geworden sind. Beim passiven Widerstand spielt immer der Gedanke mit, den Gegner zu plagen, und zugleich besteht die Bereitschaft, alle Beschwerlichkeit auf sich zu nehmen, die einem aus solcher

Tätigkeit erwächst; bei der *Satyagraha* dagegen gibt es nicht die leiseste Absicht, dem Gegner Schaden zuzufügen. *Satyagraha* fordert die Gewinnung des Gegners durch Leiden in der eigenen Person. *III, 167-8*

Diät

Ein bewußtermaßen unsauberer Geist kann nicht durch Fasten gereinigt werden. Änderungen in der Diät haben darauf keinen Einfluß. Die Begierde des Geistes kann nur durch intensive Selbstprüfung, Gottvertrauen und zuletzt Gnade ausgerottet werden. Doch es besteht eine enge Verbindung zwischen Geist und Leib, und der fleischliche Geist hat stets Verlangen nach Leckereien und Luxus. Um dieser Neigung den Weg zu versperren, können Beschränkungen durch Diät und Fasten nötig erscheinen. Der fleischliche Geist, statt die Sinne zu kontrollieren, wird ihr Sklave; und deshalb bedarf der Körper nichtstimulierender

Nahrung und periodischen Fastens. Wer sich aus Diätbeschränkungen und Fasten nichts macht, irrt ebenso wie der, der sich einzig darauf verläßt. Meine Erfahrung zeigt mir, daß für jene, deren Geist nach Selbstzucht trachtet, Diäteinschränkungen und Fasten sehr hilfreich sind. Tatsächlich kann ohne sie die Begierde nicht völlig aus dem Geist ausgerottet werden.

I, 279

Arbeitslosigkeit

Ich glaube, es ist für einen Menschen erniedrigend, müßig zu bleiben und von Almosen zu leben. Als ich einmal einen Streik leitete, konnte ich nicht dulden, daß die Streikenden auch nur einen Tag lang müßig blieben, und ließ sie Steine klopfen und Sand fahren und an öffentlichen Wegen arbeiten, wobei ich meine Mitarbeiter aufforderte, sich dieser Tätigkeit anzuschließen. Stellen Sie sich also vor, was es für eine Kalamität sein muß, dreihundert Millionen Arbeitslose zu haben, die jeden Tag erniedrigt werden aus Mangel an Beschäftigung, ohne Selbstachtung, ohne Glauben an Gott. Ich wage es nicht, ihnen die Botschaft Gottes zu verkündigen. Ich könnte ebensogut diesem Hunde hier die Botschaft Gottes verkünden als diesen verhungerten Millionen, die keinen Glanz in den Augen haben und deren einzige Gottheit Brot heißt. Ich kann ihnen nur Gottes Botschaft bringen, wenn ich ihnen die heilige Botschaft der Arbeit bringe. Es ist leicht genug, von Gott zu reden, während wir hier sitzen und ein gutes Frühstück hinter uns, ein noch besseres Mittagessen vor uns haben; aber wie soll ich über Gott zu Millionen reden, die ohne zwei Mahlzeiten am Tag auskommen müssen? Ihnen kann Gott nur in Form von Brot und Butter erscheinen. *III, 247-8*

Die Hauptsache war, den Landarbeitern ihre Furcht zu nehmen und ihnen begreiflich zu machen, daß die Beamten nicht die Herren, sondern Diener des Volkes sind, die vom Steuerzahler ihre Gehälter erhielten. Und dann schien es fast unmöglich, ihnen begreiflich zu machen, es sei ihre Pflicht, Höflichkeit mit Furchtlosigkeit zu verbinden. Wie konnte man sie, nachdem sie einmal die Furcht vor den Beamten abgeschüttelt hatten, daran hindern, deren Beleidigungen zu erwidern? Und doch mußte, falls sie sich Unhöflichkeiten zuschulden kommen ließen, dies ihre *Satyagraha* verderben wie ein Tropfen Arsen die Milch. Ich begriff später, daß sie die Lektion der Höflichkeit weniger gut gelernt hatten, als ich erwartet hatte. Die Erfahrung hat mir gezeigt, daß Höflichkeit der schwierigste Teil von *Satyagraha* ist. Höflichkeit meint hier nicht allein die äußere Milde des Ausdrucks, die man sich für die Gelegenheit zurechtlegt, sondern eine angeborene Milde und das Verlangen, dem Gegner Gutes zu tun. Diese Eigenschaften sollten sich in jeder Handlung eines *Satyagrahi* bekunden.

I, 366

Der gewaltlose Kampf kann mit anderen Worten als ein Vorgang der Reinigung beschrieben werden; denn die zugrundeliegende Vorstellung ist, daß eine Nation ihre Freiheit durch ihre eigene Schwäche verliert, und wir finden, daß wir unsere Freiheit wiedergewinnen, sobald wir unsere Schwächeanwandlungen abschütteln. Schließlich kann kein Volk auf Erden unterjocht werden, ohne daß es freiwillig oder unfreiwillig daran mitwirkt. Es bedeutet unfreiwillige Mitwirkung, wenn man sich aus Furcht vor etwelchem physischen Schaden einem Tyrannen oder Despoten unterwirft. Ich entdeckte schon im Frühstadium der Bewegung, daß für den Erfolg einer solchen Bewegung Charakterstärke die Grundlage sein muß. Wir fanden auch, daß echte Erziehung nicht darin besteht, das Gehirn mit Tatsachen und Vorstellungen vollzustopfen, nicht darin, daß man Prüfungen ablegt, für die man einen Haufen Bücher lesen muß, sondern darin, den Charakter zu entwickeln. *III, 270-1*

Ich bin kein Visionär. Ich behaupte, ein praktischer Idealist zu sein. Die Religion der Nicht-Gewalt ist nicht nur für die *Rishis* und die Heiligen gedacht. Sie ist auch für das gewöhnliche Volk gedacht. Nicht-Gewalt ist das Gesetz unserer Art, wie Gewalt das Gesetz der Bestie. Der Geist schlummert in der Bestie, so daß sie kein anderes Gesetz kennen kann als das der physischen Kraft. Die Würde des Menschen erfordert Ergebung an ein höheres Gesetz – an die Kraft des Geistes.

Darum habe ich es unternommen, in Indien das alte Gesetz der Selbstaufopferung wieder aufzurichten. Denn *Satyagraha* und ihre Schößlinge Nicht-

Zusammenarbeit und ziviler Widerstand sind nur neue Namen für das Gesetz des Leidens. Die *Rishis,* die das Gesetz der Nicht-Gewalt mitten in einer Welt der Gewalt entdeckten, sind größere Genies als Newton und waren doch zugleich größere Feldherren als Wellington. Selber geübt im Gebrauch der Waffen, erkannten sie deren Nutzlosigkeit und lehrten eine geplagte Welt, daß ihr Heil nicht in der Gewalt liege, sondern in der Nicht-Gewalt.

Nicht-Gewalt bedeutet in ihrer Auswirkung bewußtes Leiden. Sie bedeutet nicht Unterwerfung unter den Willen des Ungerechten, sondern Einsetzen der ganzen Kraft des Geistes gegen den Willen des Tyrannen. Sofern er sich in seinem Wirken durch dieses Gesetz bestimmen läßt, ist es auch einem einzelnen möglich, die ganze Macht eines tyrannischen Reiches herauszufordern, seine Ehre, seine Religion, seine Seele zu verteidigen und dadurch Anstoß zu werden für dieses Reiches Zusammenbruch oder Neuerstehen. *III, 279*

Ich glaube, daß ich da, wo nur die Wahl bliebe zwischen Feigheit und Gewalt, zur Gewalt raten würde. Als ich im Jahre 1908 angegriffen wurde und beinahe getötet worden wäre, fragte mich mein ältester Sohn hinterher, was er hätte tun sollen, wenn er dabeigewesen wäre, ob er hätte davonlaufen sollen und aus der Ferne zusehen, wie ich getötet würde, oder ob er – wie er gern getan – mich unter Aufwand seiner Körperkraft hätte verteidigen sollen. Ich antwortete ihm, daß es seine Pflicht gewesen wäre, mich zu verteidigen – selbst unter Anwendung von Gewalt. Aus dieser Überlegung heraus habe ich den Burenkrieg mitgemacht, den sogenannten Zuluaufstand und den Weltkrieg. Aus dieser Überlegung heraus rate ich allen denen, die an die Gewalt glauben, sich im Gebrauch der Waffen zu üben. Ich würde lieber sehen, daß Indien zu den Waffen griffe, um seine Ehre zu verteidigen, als daß es ein feiger und hilfloser Zeuge seiner eigenen Entehrung würde und bliebe.

Dagegen glaube ich, daß Nicht-Gewalt der Gewalt unendlich überlegen ist. Vergeben ist männlicher als Bestrafen. Vergeben ehrt den Krieger. Selbstüberwindung aber ist Vergeben nur da, wo die Macht zu strafen vorhanden ist. Vergeben ist bedeutungslos, wo es von einem wehrlosen Wesen scheinbar gewährt wird. Bei einer Maus kann man schwerlich sagen, sie vergebe der Katze, wenn sie es zuläßt, daß sie in Stücke zerrissen wird.

Man soll mich nicht mißverstehen. Kraft entstammt nicht körperlicher Fähigkeit. Kraft entstammt einem unbeugsamen Willen. Der Zulu ist sicher dem Engländer an körperlicher Kraft überlegen. Er flieht aber selbst vor einem englischen Knaben, weil er den Revolver fürchtet, den der Knabe gebrauchen könnte oder ein anderer für ihn. Er fürchtet den Tod und ist deshalb kraftlos, ungeachtet seiner gewaltigen Gestalt. Wir Inder können uns ohne weiteres vorstellen, daß hunderttausend Engländer dreihundert Millionen menschlicher Wesen nicht zu fürchten brauchen. Ein entschiedenes Vergeben bedeutet also entschiedenes

Erkennen unserer Stärke. In der Erleuchtung des Vergebens muß eine mächtige Woge von Kraft in uns aufquellen, die es verunmöglichen würde, Schmach und Schande auf Indiens in Ergebenheit geneigtes Haupt zu häufen. Es kümmert mich wenig, daß ich für den Augenblick mein Ziel nicht erreichen kann. Noch fühlen wir uns allzusehr niedergetreten, um keinen Zorn und keinen Rachedurst zu empfinden. Doch darf ich nicht ablassen zu sagen, daß Indien nur gewinnen kann, wenn es auf das Recht zu strafen verzichtet.

II, 135-6

Ich glaube, daß ich einen unerschütterlichen Glauben an Gott besitze. Seit vielen Jahren habe ich vernunftgemäß der Vorstellung zugestimmt, der Tod sei nur eine große Veränderung im Leben und sonst nichts und solle willkommen geheißen werden, wann immer er eintrete. Ich habe ganz bewußt mich aufs äußerste bemüht, alle Furcht aus meinem Herzen zu verbannen, einschließlich der Todesfurcht. Und doch erinnere ich mich an Gelegenheiten in meinem Leben, bei denen ich nicht erfreut war beim Gedanken an den nahenden Tod, wie jemand erfreut sein muß bei der Aussicht auf die Begegnung mit einem lang entbehrten Freund. So bleibt ein Mensch oft schwach, ungeachtet all seiner Bemühungen, stark zu werden; und ein Wissen, das sich auf den Kopf beschränkt und nicht im Herzen Wurzeln schlägt, ist in den Krisenzeiten der Lebenserfahrung von geringem Nutzen. Und wiederum verdunstet die innere Geistesstärke dann am meisten, wenn jemand von außen Hilfe erhält und annimmt. *III, 168-9*

Ich wußte damals nichts vom Wesen der Religion oder Gottes und davon, wie er in uns wirkt. Nur unbestimmt begriff ich, daß Gott mich bei dieser Gelegenheit gerettet hatte. Bei allen Prüfungen hatte er mich gerettet. Ich weiß, daß der Satz »Gott rettete mich« heute für mich einen tieferen Sinn besitzt, und doch spüre ich, daß ich seine volle Bedeutung immer noch nicht erfaßt habe. Einzig reichere Erfahrung kann mir zu vollkommenerem Verständnis verhelfen. Doch bei all meinen Prüfungen – spiritueller Natur, als Jurist, als Leiter von Institutionen und in der Politik – kann ich sagen, daß Gott mich gerettet hat. Wenn jede Hoffnung geschwunden ist, »wenn Helfer versagen und Tröstung entschwindet«, mache ich die Erfahrung, daß mir irgendwie Hilfe zuteil wird, ich weiß nicht woher. Demütige Bitten, Andacht, Gebet sind kein Aberglaube; sie sind Handlungen von größerer Wirklichkeit als Essen, Trinken, Sitzen oder Gehen. Es ist keine Übertreibung zu sagen, sie allein seien wirklich, alles andere sei unwirklich.

Andacht oder Gebet dieser Art sind keine Flucht in die Beredsamkeit, sind keine Huldigung mit den Lippen. Sie entspringen dem Herzen. Wenn wir daher jene Reinheit des Herzens vollbringen, bei der es »von allem außer Liebe leer« ist, wenn wir alle seine Saiten auf den rechten Ton stimmen, so

»erklingen sie zitternd von Musik jenseits des Sichtbaren«. Gebet bedarf nicht des Wortes. Es ist in sich unabhängig von allem sinnenhaften Bemühen. Ich hege nicht den mindesten Zweifel, daß Gott ein unfehlbares Mittel zur Reinigung des Herzens von Leidenschaften ist. Aber es muß sich verbinden mit höchster Demut. *I, 73*

Wenn ich existiere, existiert Gott. Für mich ist das eine Notwendigkeit meines Wesens, wie es für Millionen eine ist. Sie mögen außerstande sein, darüber zu reden, doch an Ihrem Leben können Sie merken, daß es ein Teil Ihres Lebens ist. Ich bitte Sie nur, den Glauben, der untergraben war, wiederherzustellen. Um das zu tun, müssen Sie eine Menge verlernen von dem, was Ihren Verstand blendet und Sie umwirft. Beginnen Sie mit dem Glauben, der zugleich ein Zeichen der Verdemütigung ist und ein Eingeständnis, daß wir nichts wissen, daß wir weniger sind als Atome in diesem Universum. Wir sind weniger als Atome, sage ich, denn das Atom gehorcht dem Gesetz seines Seins, während wir in dem Übermut unserer Unwissenheit das Gesetz der Natur verleugnen. Doch ich habe denen, die keinen Glauben haben, kein intellektuelles Argument zu bieten.

III, 190-1-2

Ich bin zugleich ein Bilderverehrer und ein Bilderstürmer, soweit ich den wahren Sinn dieser Begriffe verstehe. Ich schätze den Geist hinter der Bilderverehrung. Er spielt eine höchst wichtige Rolle beim Aufstieg der menschlichen Rasse. Und ich möchte gern die Fähigkeit besitzen, mit meinem Leben die Tausende heiliger Tempel zu verteidigen, die dieses unser Land heiligen. Mein Bündnis mit den Muslims setzt ihre völlige Toleranz für meine Bilder und meine Tempel voraus. Ich bin ein Bilderstürmer in dem Sinne, daß ich die subtile Form von Bildervergötzung im Gewande des Fanatismus zerbreche, der sich weigert, einer anderen Form von Gottesverehrung als der eigenen irgendwelchen Wert beizumessen. Diese Form der Idolatrie ist tödlicher, weil sie feiner und schwerer zu fassen ist als die handgreifliche und plumpe Form der Verehrung, welche die Gottheit mit einem kleinen Gebilde aus Stein oder Gold identifiziert.

III, 337

Unberührbarkeit

Unberührbarkeit ist kein religiöses Gesetz, sondern eine Erfindung des Satans. Der Teufel zitiert heilige Schriften mit Vorliebe. Die heiligen Schriften aber gehen nicht über Vernunft und Wahrheit hinaus. Sie sind entstanden, um die Vernunft zu läutern und die Wahrheit zu erhellen. Es fällt mir nicht ein, hinzugehen und ein untadeliges Pferd zu verbrennen, weil die Veden dieses Opfer angeraten, zugelassen und geheiligt haben. Für mich sind die Veden göttlich und ungeschrieben. »Der Buchstabe tötet.« Es ist der Geist, der erleuchtet. Und der Geist der Veden ist Reinheit, Wahrheit, Unschuld, Keuschheit, Einfalt, Verzeihung, Göttlichkeit und alles, was den Menschen edel und tapfer macht. Es braucht weder Edelmut noch Tapferkeit dazu, die zahlreichen, still duldenden Straßenkehrer der Nation wie Hunde zu behandeln, die man verabscheut und anspuckt. Möchte Gott uns die Kraft und Weisheit verleihen, aus freiem Willen solche Straßenkehrer der Nation zu werden, wie die unterdrückten Klassen es gezwungenerweise sind. Es gibt Augiasställe genug, die auf unsere Tätigkeit warten. *II, 221-2*

Toleranz

Es ist dem Menschen nicht gegeben, die ganze Wahrheit zu erkennen. Seine Aufgabe besteht darin, auf die Wahrheit hin zu leben, so wie er sie erkennt, und dabei zu den reinsten Mitteln zu greifen, nämlich zur Gewaltlosigkeit. Wahrheit kann nicht in Büchern gefunden werden. Wahrheit wohnt in jedem menschlichen Herzen, und man muß hier nach ihr suchen und sich von Wahrheit leiten lassen, wie man sie sieht. Doch niemand hat das Recht, andere zu zwingen, nach seiner eigenen Wahrheits-Sicht zu handeln.

Da jedermanns Wahrheits-Sicht der Natur der Sache nach fragmentarisch ist, kann niemand für seine Anschauung Endgültigkeit oder Unfehlbarkeit beanspruchen und muß jeder bereit sein, die Möglichkeit einzuräumen, daß die Anschauung anderer Menschen von ihrem Standpunkt aus wahr sein kann. Das führt zu Toleranz gegenüber fremden Ansichten, die einer der Hauptaspekte der Gewaltlosigkeit ist...

III, 185-6

Gut und Übel

Gottes Hand ist hinter dem Guten, aber in Gottes Hand ist nicht nur das Gute. Seine Hand ist ebenso hinter dem Übel. Gut und Übel ist unsere eigene unvollkommene Sprache. Gott steht über Gut und Übel. Übel ist das Gute und Wahre am falschen Ort. Es hat für sich kein eigenständiges Dasein, sondern ist nur das Wahre und Gute am falschen Ort. *III, 185*

Im Leben ist es unmöglich, Gewalt völlig zu vermeiden. Die Frage entsteht, wo die Grenzlinie zu ziehen ist. Die Linie kann nicht für jedermann dieselbe sein. Obwohl das Prinzip seinem Wesen nach das gleiche ist, wendet es doch jedermann auf seine eigene Weise an. Was für den einen Nahrung ist, kann für den anderen Gift sein. Für mich ist Fleischessen eine Sünde. Doch für einen anderen Menschen, der stets von Fleisch gelebt und darin nie etwas Unrechtes gesehen hat, wäre es eine Sünde, wenn er es aufgäbe, nur um mich nachzuahmen.

Wenn ich ein Ackerbauer sein und im Dschungel hausen will, werde ich ein Minimum an Gewalt nicht vermeiden können, um meine Felder zu schützen. Ich werde Affen, Vögel und Insekten, die meine Ernte auffressen, töten müssen. Wenn ich das nicht selber tun will, werde ich jemanden anstellen müssen, der es für mich besorgt. Zwischen beiden Fällen gibt es keinen großen Unterschied. Im Namen von *Ahimsa* zuzulassen, daß Tiere die Ernte auffressen, während eine Hungersnot herrscht, ist sicherlich eine Sünde. ›Schlecht‹ und ›gut‹ sind relative Begriffe. Was unter bestimmten Bedingungen gut ist, kann unter veränderten Bedingungen schlecht oder sündhaft werden. *III, 310-11*

Konsequenz ist, wie ich oft gesagt habe, keine absolute Tugend. Heute glaube ich, die Ermordung von Engländern sei gut für unser Land, aber morgen komme ich dahin, sie als ein Unglück anzusehen – wird es dann nicht konsequent für mich sein, meine Richtung zu ändern? Ich werde dann inkonsequent gegenüber meiner Vergangenheit sein, aber konsequent gegenüber der Wahrheit. Konsequenz besteht darin, daß man der Wahrheit nachlebt, so wie man sie von Augenblick zu Augenblick erkennt, mag das dann auch inkonsequent sein gegenüber dem Verhalten in der eigenen Vergangenheit. Es kann nicht und soll auch gar nicht Gleichförmigkeit in den Handlungen eines Menschen geben, dessen Leben eine ständige Entwicklung durchmacht und der auf der Leiter der spirituellen Vervollkommnung aufsteigt. *III, 331*

Der Mensch und sein Tun

Der Mensch und sein Tun sind zweierlei. Während eine gute Tat Billigung und eine schlechte Tat Mißbilligung finden sollte, verdient der Täter der Tat, ob gut oder schlecht, stets Achtung oder Mitleid je nach Lage des Falles. »Hasse die Sünde und nicht den Sünder« ist ein Gebot, das, so leicht es zu verstehen ist, doch nur selten verwirklicht wird. Deshalb breitet sich das Gift des Hasses über die ganze Welt aus.

Ahimsa ist die Grundlage der Wahrheitssuche. Ich erkenne jeden Tag, daß die Suche vergeblich ist, wenn sie nicht auf *Ahimsa* als Basis gründet. Es ist ganz in der Ordnung, einem System zu widerstehen und es anzugreifen; aber seinem Urheber zu widerstehen und ihn anzugreifen ist gleichbedeutend mit Widerstand und Angriff gegen sich selbst. Denn wir sind allzumal Sünder und Kinder eines und desselben Schöpfers, und als solche besitzen wir unendliche göttliche Kräfte. Ein einziges Menschenwesen zu mißachten heißt diese göttlichen Kräfte mißachten und so nicht nur dieses Einzelwesen schädigen, sondern mit ihm die ganze Welt.

I, 235

Duldung

Gegenseitige Duldung ist eine Notwendigkeit für alle Zeiten und alle Rassen. Wir können unmöglich in Frieden leben, wenn die Hindus die muslimische Form der Anbetung Gottes und ihre Übungen nicht dulden wollen oder wenn die Muslims sich ereifern über die Bilderverehrung und den Kultus des Rindes bei den Hindus. Duldung erfordert nicht, daß ich das, was ich dulde, auch billige. Alkohol-, Fleisch- und Tabakgenuß mißfallen mir im höchsten Grad, und doch dulde ich das alles bei den Hindus, den Muslims und Christen, wie ich von ihnen auch erwarte, daß sie meine Enthaltsamkeit in diesen Dingen dulden, auch wenn sie ihnen mißfällt. Aller Streit zwischen Muslims und Hindus kommt daher, daß einer den anderen durch Gewalt zu seiner Ansicht bekehren will. *II, 36*

Ein guter Lehrer

Wie sollte die geistige Bildung gegeben werden? Ich ließ die Kinder Hymnen auswendig lernen und las ihnen aus Büchern über moralische Erziehung vor. Doch das genügte mir nicht. Als ich mit ihnen in engere Berührung kam, merkte ich, daß man Bildung des Geistes nicht durch Bücher vermitteln kann. Ebenso wie körperliche Ausbildung durch Leibesübung erfolgen muß, konnte die Bildung des Geistes nur durch die Übung des Geistes geschehen. Und die Übung des Geistes hing durchaus ab von Leben und Charakter des Lehrers. Der Lehrer mußte sich stets sehr in acht nehmen, mochte er inmitten seiner Jungen sein oder nicht.

Es ist einem Lehrer, der Meilen entfernt wohnt, möglich, den Geist seiner Schüler durch seine Lebensweise zu beeinflussen. Wäre ich ein Lügner, so wäre es zwecklos für mich, den Jungen beizubringen, die Wahrheit zu sagen. Ein feiger Lehrer würde seine Jungen nie mit Erfolg zur Tapferkeit erziehen können, und einer, dem die Selbstzucht fremd ist, könnte seine Zöglinge nie vom Wert der Selbstzucht überzeugen. Ich erkannte, daß die Jungen und Mädchen meine Lehrmeister wurden und daß ich gut sein und streng leben müsse, sei es auch nur ihretwegen.

I, 286

Es haben sich in der Welt katastrophale Veränderungen vollzogen. Bleibe ich noch meinem Glauben an Wahrheit und Nicht-Gewalt treu? Hat die Atombombe nicht diesen Glauben in die Luft gesprengt? Das hat sie nicht nur nicht getan, sondern sie hat mir klar bewiesen, daß diese beiden die mächtigste Kraft auf der Welt ausmachen. Die zwei einander entgegengesetzten Kräfte sind völlig verschieden in ihrer Art: die eine moralisch und spirituell, die andere physikalisch und materiell. Die eine ist der anderen unendlich überlegen, da diese durch ihre Natur selbst begrenzt ist. Die Kraft des Geistes ist stets progressiv und endlos.

Ihre vollkommene Bekundung macht sie in der Welt unüberwindlich. Und was noch mehr ist: Diese Kraft wohnt in jedem, Mann, Frau und Kind, ohne Rücksicht auf ihre Hautfarbe. Nur schlummert sie in manchem, kann aber durch sorgsames Training geweckt werden.

Es ist ferner zu beachten, daß es ohne Anerkennung dieser Wahrheit und ohne gehörige Bemühung um ihre Verwirklichung kein Entrinnen vor der Selbstvernichtung gibt. *III, 312*

Wer kann Gandhi töten?

Angenommen, jemand töte mich, so werdet ihr nichts dadurch gewinnen, daß ihr zur Vergeltung jemanden tötet. Und wenn ihr nur darüber nachdenkt – wer kann denn Gandhi töten außer Gott selbst? Niemand kann die Seele zerstören. So laßt uns alle Gedanken an Rache aus unserem Herzen verbannen.

III, 275

Nachweis

Dies ist eine Auswahl aus dem 1977 im Verlag Herder, Freiburg, Basel und Wien, erschienenen Band *Handeln aus dem Geist*, der sich seinerseits folgender Übersetzungen bediente:

I.
M. K. Gandhi. Eine Autobiographie – oder Die Geschichte meiner Experimente mit der Wahrheit. Aus dem Englischen von Fritz Kraus. Neu herausgegeben von Rolf Hinder, Verlag Hinder+Deelmann, Gladenbach, 6. Aufl. 1995.

II.
M. K. Gandhi: Die Lehre vom Schwert (1919–22). Aufsätze aus den Jahren 1919–1922. Deutsch von Emil Roniger. Edition Rotapfel im Rothenhäusler Verlag, Stäfa 1999.

III.
Vom Geist des Mahatma, Ein Gandhi-Brevier. Herausgegeben und übersetzt von Fritz Kraus. Holle-Verlag, Baden-Baden, 1957.

Die Fundorte der einzelnen Texte sind mit römischen und arabischen Ziffern gekennzeichnet. Die römischen Ziffern verweisen auf das jeweilige Buch, die arabischen auf die Seiten.

Wir danken den Verlagen für die freundliche Genehmigung.

Mohandas Karamchand Gandhi wurde 1869 in Porbandar in Indien geboren. Er studierte Jura in England und arbeitete als Anwalt in Südafrika, wo er sich gegen die Diskriminierung der Inder einsetzte. Nach seiner Rückkehr nach Indien wurde er Präsident der Congress-Bewegung, aus der er schließlich wieder ausschied, um sich ganz dem »Volks-Dienst« widmen zu können. Er kam mehrfach in Gefangenschaft wegen Agitation für ein freies Indien. Die Unabhängigkeit und die Teilung Britisch-Indiens in Indien und Pakistan 1947 konnte er noch miterleben, am 30. 1. 1948 wurde er in New Delhi von einem Hindu-Fundamentalisten mit drei Revolverschüssen getötet.

Jiddu Krishnamurti
Meditationen
Eine Auswahl aus den Schriften.
Aus dem Englischen von Ulrich Hartmann

»Nur als Erblühen des Denkens und damit als Ende des Denkens hat Meditation wirklich Bedeutung. Meditation ist der Zustand des Geistes, der alles mit vollkommener Aufmerksamkeit betrachtet, das Ganze, nicht nur Teile davon.«
Jiddu Krishnamurti

»Niemanden auf der Welt würde ich lieber kennenlernen als Krishnamurti. Seine Laufbahn, einzigartig in der Geschichte spiritueller Führer, erinnert an das berühmte Gilgameschepos. In seiner Jugend als der neue Messias verkündigt, verzichtete er auf die vorbereitete Rolle, wies alle Jünger und Lehrer zurück. Er begründete keinen neuen Glauben, kein Dogma, hinterfragte alles und kultivierte den Zweifel.«
Henry Miller